BAND 329

Club Taschenbuch

Die österreichische Kinderbibliothek

Pädagogische Arbeitsblätter zu diesem Titel downloadbar auf

www.obelisk-verlag.at

Saskia Hula

Elvis im Einsatz

Mit Illustrationen
von Eva Muszynski

Club Taschenbuch

OBELISK VERLAG

Redaktion der Club-Taschenbuchreihe:
Inge Auböck

Umschlaggestaltung: Carola Holland

Gesetzt nach den Regeln der neuen deutschen Rechtschreibung

Erstmals erschienen bei mixtvison, München 2015

Druck und Bindung: Finidr, s.r.o., Český Těšín, Tschechien

ISBN 978-3-85197-894-0

Im Sommer hatte Elvis viel Zeit. Deswegen machte er da immer etwas Nützliches.

Ein Fundbüro zum Beispiel.

Ein Fundbüro ist für viele Menschen wichtig.

Die, die etwas finden, können es ins Fundbüro bringen und müssen sich nicht weiter darum kümmern.

Die, die etwas verloren haben, fragen einfach mal im Fundbüro nach. Manchmal ist das Verlorene auch wirklich schon da. Das ist dann eine große Freude, wie man sich vorstellen kann.

Ansonsten können die Leute immerhin ihre Telefonnummer da lassen.

So einfach ist das. Einfach und praktisch. Und wirklich gut ausgedacht, fand Elvis.

Das Fundbüro passte genau in den Gartenschuppen.

Elvis rückte die Gießkannen ein Stück zur Seite, stellte Spaten, Schaufel und Rechen vor die Tür hinaus und setzte sich an den Tisch, an dem Mama immer ihre Tomatenpflänzchen zog.

Die Tomaten standen zum Glück längst im Beet und so war genug Platz für das Fundbüro.

Jetzt musste nur noch jemand kommen, der etwas gefunden hatte. Oder auch verloren.

Elvis machte es sich also bequem und wartete.

Was man alles verlieren kann!

Beinahe unendlich viel:

Wohnungsschlüssel, Haustürschlüssel, Autoschlüssel, Handtaschen, Reisetaschen, Einkaufstaschen,

Taschenlampen, Taschenspiegel, Regenschirme, Sonnenschirme, Sonnenhüte, Sonnenbrillen, Lesebrillen, Bleistifte, Filzstifte, Lippenstifte, Reisepässe, Reisekoffer, Werkzeugkoffer, Fahrscheine, Gutscheine, Hausschuhe, Fußballschuhe, Geldbörsen, Kugelschreiber, Schals, Kaugummis, Haarspangen, Notizblöcke, Briefmarken, Pelzjacken, Führerscheine, Nagelfeilen, Halsketten, Ohrringe, Eheringe, Handys, Feuerzeuge, Teddybären, Jahreskarten für den Zoo und für die Straßenbahn.

Ständig verloren die Leute etwas. Nur jetzt gerade, wo Elvis sein Fundbüro aufgemacht hatte, verlor auf einmal keiner was.

Dabei wäre es gerade jetzt überhaupt nicht schlimm gewesen!

Nachdem Elvis ziemlich lang gewartet hatte, stand er auf, quetschte sich am Tisch vorbei und machte eine Runde durch den Garten.

Im Garten war auch nicht viel los, aber auf der anderen Seite des Gartenzauns entdeckte Elvis immerhin Annarita von nebenan.

Annarita hatte auch Ferien und damit viel Zeit. Jedenfalls saß sie im Liegestuhl und schaute in die Luft.

„Hast du vielleicht etwas gefunden?”, fragte Elvis über die Himbeerbüsche hinweg.

„Nein“, sagte Annarita und gähnte. „Hast du etwas verloren?“

„Ich nicht“, antwortete Elvis. „Aber vielleicht jemand anderer.“

„Hm“, sagt Annarita. „Interessante Idee. Wir könnten ein Fundbüro aufmachen.“

„Auf keinen Fall!“, rief Elvis.

Schließlich war das Fundbüro seine Idee gewesen.

„Wie du willst“, sagte Annarita und stand auf. „Dann mach ich es halt allein.“

„Auf keinen Fall!“, rief Elvis noch einmal.

„Und warum nicht?“

Annarita zog eine Augenbraue hoch. Damit sah sie aus wie ein Kobold mit Zöpfen.

„Weil ich schon eines aufgemacht habe“, sagte Elvis. Und um es zu beweisen, zeigte er auf den Gartenschuppen. „Dort drüben.“

„Echt?“

Annarita sprang aus dem Liegestuhl, um das Fundbüro zu inspizieren.

Der Gartenschuppen sah allerdings leider noch nicht so richtig nach Fundbüro aus, auch wenn er tatsächlich eines war.

„Wie lange hast du das Fundbüro denn schon?", fragte Annarita und stieg zwischen den Gießkannen herum.

„Weiß nicht genau", sagte Elvis. „Noch nicht so lang."

Annarita nickte.

„Und die ganzen verlorenen Dinge? Wo sind die?"

„Abgeholt", sagte Elvis. „Dafür ist so ein Fundbüro ja da."

Annarita nickte noch immer.

„Hast du schon einen Namen für das Fundbüro?", fragte sie schließlich.

„Ein Fundbüro braucht einen guten Namen, den man sich merkt. Und einen Spruch, der ins Ohr geht. Damit sich die Leute daran erinnern, wenn sie etwas finden!"

Damit hatte Annarita recht, fand Elvis. Einen guten Namen brauchte er unbedingt. Aber leider fiel ihm keiner ein.

Also sagte er: „Zum Beispiel?"

Annarita dachte nach.

Dabei kaute sie zuerst an ihrem linken Zopf und dann an ihrem rechten.

Endlich sagte sie: „Zum Beispiel Wimmer."

„Wimmer?" Elvis riss die Augen auf. „Wieso denn Wimmer?"

Annarita grinste. „Fundbüro Wimmer hilft Ihnen immer!"

Aber Elvis schüttelte den Kopf. Wimmer fand er nun wirklich nicht so toll.

„Oder Hell", sagte Annarita. „Fundbüro Hell hilft Ihnen schnell."

Elvis schüttelte wieder den Kopf.

„Oder Rüssel!", rief Annarita. „Fundbüro Rüssel hat Ihren Schlüssel."

„Wir nehmen aber nicht nur Schlüssel", murrte Elvis. „Sondern auch Taschen und Regenschirme und Sonnenbrillen und ..."

„Dann eben Reute! Fundbüro Reute hilft Ihnen heute."

„Und morgen auch", rief Elvis. „Das ist doch blöd. Sollte das Fundbüro nicht besser so heißen wie wir?"

Annarita zuckte mit den Schultern. „Von mir aus. Wie heißt du denn?"

„Pressli."

Annarita schnaubte und verdrehte die Augen.

„Und wie heißt du?", fragte Elvis.

„Langthaler-Brettschneider."

Elvis seufzte.

„Also gut", sagte er. „Dann nehmen wir eben Wimmer."

Jetzt, wo das Fundbüro einen Namen hatte, bekam es natürlich auch ein Schild. Oder eigentlich mehrere.

Ein Namensschild und ein paar Hinweisschilder an wichtigen Orten.

Gute Schilder waren mindestens genauso wichtig wie gute Namen, behauptete Annarita.

„Und jetzt?", fragte Elvis, als das Schild endlich am Gartenschuppen hing.

„Jetzt machen wir Flugblätter", sagte Annarita. „Am besten tausend. Jeder soll ein Flugblatt von unserem Fundbüro haben, damit er sofort weiß, wo er es findet."

Zum Glück hatte Annaritas Schreibblock nur sechsunddreißig Blätter und nicht tausend.

Trotzdem war es fast Abend, als die Flugblätter endlich fertig waren.

Fundbüro Wimmer hilft Ihnen immer!
Haben Sie was verloren?
Im Fundbüro Wimmer
können Sie es abholen!
Im Gartenschuppen der Familie Pressli.
Geöffnet den ganzen Tag
und nach Vereinbarung.

Elvis und Annarita teilten die Flugblätter noch schnell aus. Dann mussten sie gehen, weil es schon dunkel war.

„Bis morgen!“, sagte Elvis und gähnte.

„Ja, tschüss“, sagte Annarita. „Morgen geht es so richtig los, du wirst schon sehen!“

FUN
WI

Aber leider ging am nächsten Tag überhaupt nichts los.

Die Erwachsenen arbeiteten alle und kümmerten sich um sonst gar nichts.

Die anderen Kinder waren alle im Urlaub oder im Schwimmbad.

Nur Elvis und Annarita saßen in ihrem gut beschilderten Fundbüro mit dem gut ausgedachten Namen und warteten.

Das war äußerst langweilig.

„So kann es nicht weitergehen“, sagte Annarita endlich. „Wir müssen etwas tun.“

„Stimmt“, sagte Elvis. „Vielleicht sollten wir uns selbst mal umsehen. Ob wir etwas finden ...“

„Gute Idee“, sagte Annarita und sprang auf. „Ich schau bei mir im Garten. Und im Haus.“

„Und ich bei mir“, sagte Elvis. „Und auf der Straße. Kann ja gut sein, dass irgendwo etwas Verlorenes herumliegt.“

Nach einer Viertelstunde waren Elvis und Annarita wieder da.

Elvis hatte Mamas Jeansjacke gefunden, Papas Handy, den Kellerschlüssel und eine große Topfpflanze.

Annarita hatte das Skateboard von ihrem großen Bruder gefunden, einen Regenschirmständer, einen Fußabstreifer und die braunen Sandalen ihrer Mutter.

„Jetzt geht es los“, sagte Annarita. „Du wirst schon sehen!“

Aber bevor es dann wirklich richtig losging, mussten sie noch ein paarmal los.

Sie mussten noch Benjamins Roller finden und die Socken von Herrn Schade, die er auf der Wäscheleine vergessen hatte.

Außerdem Frau Lieblichs Kinderwagen und eine dicke Geldbörse, die sehr versteckt neben dem Weg unter einem Busch lag und von der keiner wusste, wem sie gehörte.

Aber dann ging es wirklich richtig los!

„Elvis!" Elvis' Papa beugte sich aus dem Fenster. „Hast du mein Handy genommen?"

„Wo ist denn nur mein Kinderwagen?", rief Frau Lieblich und rannte aufgeregt hin und her.

„Welcher Wahnsinnige hat mein Skateboard geklaut?", brüllte Annaritas Bruder.

Und Herr Schade murmelte: „Meine Socken sind weg! Was mache ich denn nur ohne Socken ..."

Annaritas Mama suchte gleich mehrere Sachen: Den Regenschirmständer, den Fußabstreifer und die große Topfpflanze.

Merkwürdigerweise suchten alle irgendwo.

Sie schimpften und jammerten und sahen hinter den Mülltonnen nach, aber keiner von ihnen kam ins Fundbüro.

Niemand beachtete die Hinweisschilder!

„Jetzt wird es mir aber echt zu dumm“, zischte Annarita.

Dann rannte sie in ihr Haus hinüber und holte den Kassettenrekorder mit dem Mikrofon.

„Achtung, Achtung, das ist eine Durchsage!“, rief sie in das Mikrofon hinein. „Das Fundbüro Wimmer schließt in zehn Minuten! Achtung, Achtung! Sie finden das Fundbüro Wimmer im Gartenschuppen der Familie Pressli. Gehen Sie immer den Schildern nach!“

Elvis' Papa war der Erste, der im Fundbüro auftauchte.

„Mein Handy?", fragte er hektisch.

„Welche Marke ist es denn?", fragte Elvis. „Und wo genau haben Sie es verloren?"

Zum Glück konnte Elvis' Papa das Handy halbwegs gut beschreiben.

Außerdem begann es in dem Moment zu läuten und spielte „Lahfmi tenda", ein Lied, das einzig und allein Papas Handy spielte.

Und das auch nur, wenn Mama dran war, weil er sie nämlich bei diesem Lied kennengelernt hatte, vor ungefähr hundert Jahren.

Witzigerweise hatte der Sänger dieses Liedes ausgerechnet so geheißen wie Elvis, nämlich Elvis, und er hatte sogar einen ähnlichen Nachnamen gehabt, nur ein bisschen mehr englisch, was zusammen dazu führte, dass Elvis von älteren Menschen manchmal komisch angeschaut wurde, wenn er seinen Namen sagte.

„Na, da ist es ja", sagte Papa. „Dabei war ich ganz sicher, dass ich es auf den Küchentisch gelegt habe!"

Annarita lächelte freundlich.

„Das kann passieren“, sagte sie und gab Elvis‘ Vater das Handy. „Dafür sind wir ja da. Wer ist der Nächste?“

„Mein Skateboard“, knurrte Annaritas Bruder.

„Farbe, Marke, Größe, Gewicht?“, fragte Elvis. „Irgendwelche Aufschriften?“

Aber weil Annaritas Bruder so knurrte, wartete er lieber nicht auf eine Antwort und rückte das einzige Skateboard heraus, das sie hatten.

Annaritas Mama schüttelte nur den Kopf, als Elvis ihr den Regenschirmständer überreichte.

Aber Herr Schade bedankte sich überschwänglich für seine Socken.

Und Frau Lieblich war so erleichtert, ihren Kinderwagen wieder zu haben, dass sie Elvis und Annarita eine Rolle Schokokekse schenkte.

„Ich dachte schon, er wäre gestohlen", sagte sie. „Das wäre eine Katastrophe gewesen!"

Und auch Benjamin freute sich ganz ehrlich über seinen Roller.

„Den lasse ich ständig irgendwo stehen", sagte er. „Super, dass ihr ihn gefunden habt."

So waren Elvis und Annarita sehr zufrieden, als alle endlich wieder weg waren.

Jetzt hatten sie nur noch die braunen Sandalen von Annaritas Mutter, den Kellerschlüssel und die dicke Geldbörse.

„Das reicht für morgen", sagte Annarita. „Meine Mutter vermisst ihre Sandalen sicher erst in der Früh."

„Den Kellerschlüssel brauchen meine Eltern auch nicht jeden Tag", sagte Elvis. „Aber wem gehört eigentlich die dicke Geldbörse?"

Annarita zuckte mit den Schultern.

„Keine Ahnung", sagt sie. „Schauen wir halt mal hinein!"

Und genau das taten sie.

Zuerst sahen sie nur ganz viel Geld.

Fünfzig, siebzig, achtzig, neunzig, hundert, hundertfünfzig, hundertsiebzig, hundertfünfundsiebzig, hundertsechsundsiebzig Euro und zwanzig Cent!

Dann sahen sie den Führerschein, die Bankkarte und den Blutspendeausweis.

„Eduard Stingelmann" stand im Führerschein, auf der Bankkarte und im Blutspendeausweis.

Aber wer Eduard Stingelmann war, stand nirgends. Und wo er wohnte oder welche Telefonnummer er hatte, stand auch nirgends. Und das Gesicht im Führerschein hatten Elvis und

Annarita auch noch nie gesehen.

„Blöd“, sagte Annarita. „Wie sollen wir den denn finden?“

„Vielleicht findet er ja uns“, sagte Elvis. „Wenn wir noch ein paar Schilder aufhängen?“

Aber dann brachten sie die Geldbörse lieber doch zur Polizei.

Schließlich hatten sie sowieso gerade Zeit.

Der Polizist war sehr freundlich.

„Das werden wir gleich haben“, sagte er und starrte in den Computer.

Dann griff er zum Telefon und rief jemanden an.

„Eduard Stingelmann?“, fragte er. „Wir haben Ihre Geldbörse gefunden!“

Wir? Elvis und Annarita schauten sich an. Der Polizist hatte sie ja nun wirklich nicht gefunden ...

Aber da brüllte Herr Stingelmann schon „Gott sei Dank!“ aus dem Telefon. „Ich habe sie schon überall gesucht! Ich komme sofort!”

Und weil sofort ja nicht sehr lange dauern konnte, warteten Elvis und Annarita mit dem Polizisten auf Herrn Stingelmann.

Da kam er auch schon um die Ecke gerast.

Er hatte einen grauen Pferdeschwanz und sah viel älter aus als in seinem Führerschein.

„Ich bin ja so froh!“, rief er. „Mein Führerschein! Meine Bankkarte!“

„Und Ihr Blutspendeausweis“, sagte Annarita.

„Ja, ja, natürlich.“ Herr Stingelmann sah ein bisschen überrascht aus. „Dann seid ihr wohl die ehrlichen Finder?“

Die ehrlichen Finder nickten.

Herr Stingelmann öffnete die Geldtasche und holte 10 Euro heraus.

„Ihr bekommt natürlich einen Finderlohn“, sagte er.

„Das ist doch nicht nötig“, sagte Elvis.

„Danke schön“, sagte Annarita und nahm die 10 Euro entgegen. „Und falls Sie mal wieder was verlieren: Fundbüro Wimmer hilft Ihnen immer!“

„Das haben wir toll gemacht“, sagte Annarita auf dem Heimweg. „So ein Fundbüro ist echt eine gute Sache. Und was machen wir jetzt mit dem Geld? Eis essen gehen?“

„Auf keinen Fall“, sagte Elvis. „Lieber nehmen wir uns einen Mitarbeiter für das Fundbüro.“

Annarita blieb stehen.

„Einen Mitarbeiter? Wozu denn das? Wir sind doch schon zwei!“

„Ja, schon“, sagte Elvis. „Aber morgen möchte ich lieber eine Polizeistation aufmachen. Für Notfälle, du weißt schon. Da kann ich nicht gut gleichzeitig im Fundbüro sitzen. Und du hast allein vielleicht auch keine Lust.“

„Ach so“, sagte Annarita. „Ja, klar.“

Sie schaute die 10 Euro lange und ein bisschen wehmütig an.

„Wir könnten das Fundbüro allerdings auch für einen Tag zumachen“, schlug Elvis vor. „Oder für zwei.“

„Und die braunen Sandalen?“, fragte Annarita. „Und der Kellerschlüssel?“

Elvis grinste.

„Die wurden vielleicht gar nicht verloren“, sagt er. „Sondern gestohlen. In dem Fall müssten wir dann sowieso eine Diebstahlsmeldung aufnehmen.“

„Gute Idee“, sagte Annarita. „Genau so machen wir es. Und jetzt gehen wir Eis essen.“

Die Polizeistation konnte natürlich nicht auch noch im Gartenschuppen sein, denn da war ja schon das Fundbüro.

Deswegen trafen sich Elvis und Annarita am nächsten Tag im Bushäuschen. Das lag außerordentlich günstig für jeden, der vorbeikam.

„Was brauchen wir für eine Polizeistation?“, fragte Annarita und zückte Block und Bleistift.

Elvis dachte nach.

„Eine Uniform“, sagte er schließlich. „Eine Pistole, ein Funkgerät und einen Hund. Und eine Sekretärin, die alle Meldungen aufnimmt.“

„Was denn für Meldungen?“, fragte Annarita misstrauisch.

Elvis zuckte mit den Schultern.

„Vermisstenmeldungen. Diebstahlsmeldungen. Einbruchsmeldungen.

Lauter solche Sachen. Wenn du willst, kannst du die Sekretärin sein."

Annarita tippte sich an die Stirn.

„Bei dir piept's wohl", sagte sie. „Du kannst selbst die Sekretärin sein. Ich bin die Polizistin!"

Und so gab es eben keine Sekretärin.

„Aber einen Computer brauchen wir", sagte Elvis. „Für die Fingerabdrücke."

„Für die Fingerabdrücke brauchen wir vor allem ein Stempelkissen“, sagte Annarita.

Und weil sie im Moment sowieso weder einen Computer hatten noch eine Uniform, ein Funkgerät oder einen Hund, war das Stempelkissen eindeutig ein guter Anfang.

Annarita hatte nämlich eines zu Hause.

Sie machten ganze 20 Fingerabdrücke von ihren eigenen Fingern. Danach hatten beide dunkelblaue Finger und eine prächtige Fingerabdruck-Kartei.

Annarita wischte sich zufrieden die Hände an ihrer Hose ab.

„Und jetzt der Hund“, sagte sie. „Was für einer soll es sein?“

„Ein Schäferhund“, sagte Elvis. „Oder ein Rottweiler.“

Annarita nagte an ihrer Unterlippe.

„Da nehmen wir am besten den Otto vom Herrn Schade“, sagte sie schließlich. „Der hat die gleiche Farbe wie ein Schäferhund und ähnliche Ohren.“

Damit hatte sie recht. Otto war schwarz-braun mit spitzen Ohren.

Abgesehen davon hatte Otto nichts von einem Schäferhund. Er sah aus wie eine schwarz-braune Wurst auf Beinen.

Aber Elvis musste zugeben, dass es in der ganzen Umgebung keinen passenderen Hund als Otto gab.

Daher sagte er: „Der sollte sich sowieso mal mehr bewegen. Sonst wird er noch dicker.“

Annarita nickte.

„Vielleicht hat er eine gute Nase“, meinte sie. „Manchen Hunden sieht man gar nicht an, was sie alles können.“

Und so gingen Elvis und Annarita zu Herrn Schade.

„Was ist denn mit euren Fingern passiert?“, fragte Herr Schade.

„Das ist nur Farbe“, sagte Annarita. „Wir würden uns gerne Ihren Otto ausleihen.“

„Den Otto?“ Herr Schade zog überrascht die Augenbrauen hoch. „Was wollt ihr denn mit ihm machen?“

„Er sollte ein bisschen mehr spazieren gehen“, meinte Elvis. „Bewegung ist wichtig, auch für Hunde.“

„Außerdem sollte er etwas erleben“, sagte Annarita. „Wo ist er denn überhaupt?“

Herr Schade deutete ins Nebenzimmer.

„In seinem Körbchen. Er schläft.“

„Normale Hunde bellen, wenn jemand kommt”, sagte Elvis.

Herr Schade winkte ab.

„Er ist schon ein bisschen schwerhörig. Aber geht doch hinein! Sicher freut er sich, wenn er euch sieht!"

Otto freute sich wirklich.

Er brauchte zwar einen Moment, um wach zu werden und um sich daran zu erinnern, wer er war und wer Elvis und Annarita waren. Aber sobald er das alles wieder wusste, wedelte er mit dem Schwanz und ließ sogar ein kurzes Bellen hören, während er sich aus seinem Körbchen wälzte.

„Bellen kann er schon mal", sagte Annarita. „Das ist für einen Polizeihund wichtig."

„Wedeln kann er auch", sagte Elvis. „Und immerhin kommt er noch aus seinem Körbchen heraus."

Damit hatte Otto den Aufnahmetest

für Polizeihunde bestanden.

Herr Schade überreichte ihnen Ottos Leine und schon zogen sie los, das heißt, Otto zog und Elvis und Annarita gingen hinterher.

Zum Glück zog Otto nur bis zum ersten größeren Baum.

Dort hob er sein Bein und pinkelte lang und ausgiebig gegen den Stamm.

Danach drehte er sich um und wollte zurück nach Hause gehen.

„Halt, dableiben!", rief Annarita. „Du bist jetzt ein Polizeihund, Otto! Du hast einen Job! Da vorne im Bushäuschen ist die Polizeistation, siehst du?"

Sie packte Otto unterm Kinn und drehte seinen Kopf zum Bushäuschen.

Otto wedelte unsicher.

„Er freut sich", sagte Annarita und zog an der Leine.

Ein wenig widerstrebend ging Otto mit.

„Wir sollten ihn sofort einsetzen", sagte Elvis und gab Otto, der gerade wieder stehen bleiben wollte, einen Schubs. „Bevor er es sich anders überlegt."

„Dann gehen wir mit ihm jetzt sofort auf Streife", entschied Annarita und schnappte sich ihren Rucksack. „Vielleicht ertappen wir ja einen Verbrecher auf frischer Tat."

Und das war wirklich gut möglich. Schließlich passierten jeden Tag unzählige Einbrüche,

Diebstähle und Entführungen, wenn man den Zeitungen glauben durfte.

Da war es nur wahrscheinlich, dass das eine oder andere auch hier gleich um die Ecke passierte. Und zwar genau jetzt oder wenigstens in der nächsten halben Stunde.

Und genau so war es auch.

Der Erste, den sie auf frischer Tat ertappten, war Annaritas Bruder.

Er raste wie ein geölter Blitz auf seinem Skateboard an ihnen vorbei und zwar so knapp, dass sogar Otto erschrocken einen Schritt zur Seite machte.

„Bist du verrückt geworden?“, schrie ihm Annarita hinterher und holte Block und Bleistift aus ihrem Rucksack.

„Der kriegt eine Anzeige“, knurrte sie. „Da wird er schauen!“

Sie notierte Zeit und Ort und auch gleich die Daten des Beschuldigten, die sie ja zum Glück gut kannte.

„Fingerabdrücke brauchen wir ausnahmsweise keine“, sagte Elvis.

Und das war auch gut so, denn Annaritas Bruder war erstens natürlich längst verschwunden und hätte sich zweitens vermutlich geweigert, seine Finger in Annaritas Stempelkissen zu drücken.

Elvis, Annarita und Otto setzten ihre Streife fort, mit offenen Augen und gespitzten Ohren.

Bei der Ampel legten sie sich hinter einer Plakatwand auf die Lauer.

„Sicher wird gleich jemand bei Rot über die Straße gehen!", flüsterte Annarita Elvis zu. „Den schreiben wir dann auf!"

Leider war die Erste, die kam und tatsächlich bei Rot über die Straße lief, ausgerechnet die nette Frau Lieblich.

Sie hatte die Kinder hinter der Plakatwand nicht gesehen, sonst hätte sie das natürlich nie getan. So aber huschte sie über die Straße und verschwand im Gemüsegeschäft.

„Unglaublich!“, sagte Annarita und notierte Tatzeit und Tatort.

„War denn wirklich schon Rot?“, fragte Elvis, dem es ein bisschen unangenehm war, die nette Frau Lieblich anzuzeigen, die ihnen doch erst gestern eine ganze Rolle Kekse geschenkt hatte.

„Natürlich war schon Rot“, sagte Annarita streng und zog Otto hinter der Plakatwand hervor. „Mit Ausnahmen fangen wir erst gar nicht an!“

Damit gingen sie weiter.

Aber sehr weit kamen sie nicht, denn der Dritte, der sich so richtig danebenbenahm, war Otto. Er setzte nämlich ganz plötzlich und ohne die geringste Vorwarnung einen großen Haufen zwischen zwei Autos, und zwar einen sehr großen und sehr stinkenden Haufen.

Orango

Elvis spürte, wie ihm allein vom Gestank übel wurde.

Annarita verzog das Gesicht.

„Herrje“, sagte sie. „Das müssen wir wegräumen.“

Sie sagte laut und deutlich wir, aber sie schaute Elvis dabei an, als würde sie eher ihn damit meinen.

„Ich mach das nicht“, sagte Elvis. „Das ist nicht mein Hund!“

„Herr Schade kann es aber auch nicht machen“, sagte Annarita. „Denn der ist gar nicht da.“

„Ich kann es auch nicht machen”, sagte Elvis. „Denn mir wird schlecht davon.“

Annarita sah ihn zweifelnd an.

„Ich glaube nicht, dass das gilt“, sagte sie.

„Warum räumst du es nicht selbst

weg?“, fragte Elvis. „Du bist doch auch da!“

„Stimmt“, sagte Annarita. „Aber mir wird auch schlecht. Und außerdem bin ich im Dienst.“

„Genau“, sagte Elvis. „Im Dienst bin ich auch. Noch dazu.“

„Nun ja.“ Annarita räusperte sich. „In diesem Fall sind wir beide im Dienst. Oder eigentlich ...“, sie warf einen Blick auf Otto, „... alle drei. Und im Dienst haben wir keine Zeit, uns um solche Kleinigkeiten zu kümmern. Oder?“

Damit hatte sie recht. Deshalb kümmerten sie sich nicht länger darum und gingen weiter.

Aber irgendetwas war anders.

Es machte keinen Spaß mehr, Benjamins Schwester dabei zu beobachten, wie sie mit dem Fahrrad in der falschen Richtung in die Einbahnstraße fuhr.

Es machte auch keinen Spaß mehr, die Autonummer von Elvis' Mama zu notieren, die gerade winkend, aber leider noch nicht angeschnallt, an ihnen vorbeifuhr.

Es machte überhaupt keinen Spaß mehr, auf Streife zu gehen, solange Ottos stinkender Haufen genau auf ihrer Runde lag und dampfte.

„Wir brauchen ein echtes Verbrechen“, sagte Annarita schließlich missmutig. „Nicht nur so Verkehrszeug.“

„Hm“, sagte Elvis. „Die echten Verbrecher sind selten bei uns in der Siedlung.“

Er wäre jetzt gern zurück auf ihre Polizeistation gegangen, um nachzusehen, ob es irgendwelche Meldungen gab.

Aber Annarita schlug sich den echten Verbrecher nicht so schnell aus dem Kopf.

„Vielleicht sind sie selten“, antwortete sie. „Vielleicht aber auch nicht. Vielleicht sind sie auch nur gut getarnt.“

Sie zeigte auf das von Rosen überwachsene blaue Gartenhaus, an dem sie gerade vorbeigingen. „In diesem

Gartenhaus könnte zum Beispiel gerade ein Verbrechen passieren."

„Unsinn", sagte Elvis. Das Gartenhaus sah viel zu freundlich für ein Verbrechen aus.

„Es könnte ein geheimer Treffpunkt für Erpresser sein", beharrte Annarita. „Oder ein Stützpunkt für Bankräuber."

„Quatsch“, sagte Elvis. „Die haben sicher bessere Stützpunkte.“

„Oder das Versteck für eine Geisel!“

Elvis verdrehte die Augen. „Was denn für eine Geisel?"

„Eine Geisel, für die das Lösegeld nicht bezahlt wurde und die immer noch darauf wartet, gerettet zu werden! Seit vielen Tagen. Vielleicht schon seit Monaten! Oder Jahren!"

Annarita hüpfte aufgeregt neben Elvis her.

„Das glaub ich nicht", sagte Elvis. „Da ist bestimmt überhaupt niemand drin."

Aber Annarita redete schon weiter. „Vielleicht ist sie auch schon längst verhungert, die arme Geisel. Dann ist sie jetzt eine Leiche. Oder nur noch ein Skelett! Und wir gehen einfach so vorbei und denken: Da ist bestimmt überhaupt niemand drin."

Elvis wurde ein bisschen flau im Magen.

„Ach was“, sagte er. „Gehen wir endlich weiter.“

Zum Glück war Otto auf Elvis‘ Seite. Er wollte auch weitergehen und so machten sie sich auf den Rückweg.

Sie gingen die Straße entlang und zweimal um die Ecke. Doch gerade als das Bushäuschen beinahe in Sichtweite war, begegnete ihnen ein Mann mit einem Koffer.

Ein fremder Mann mit Igelfrisur und einem viereckigen schwarzen Koffer.

Annarita rempelte Elvis an.

„Was denn?“, fragte Elvis unwillig.

„Der Koffer“, zischte sie. „Was da wohl drin ist?“

„Ist doch egal“, sagte Elvis. „Anziehsachen vielleicht.“

„Vielleicht aber auch nicht“, flüsterte Annarita und blieb stehen. „Vielleicht

sind es auch Waffen. Oder Geldscheine. Oder aber ... Vorräte!“

Elvis runzelte die Stirn. „Was denn für Vorräte?“

Annarita beugte sich ganz nah zu Elvis.

„Für die Geisel natürlich“, raunte sie ihm ins Ohr.

Oje, da war sie wieder, die arme Geisel im Gartenhaus.

„Ist die nicht längst verhungert?“, fragte Elvis.

Aber Annarita schüttelte den Kopf.

„Vielleicht lebt sie noch“, flüsterte sie. „Auf jeden Fall müssen wir nachschauen!“

Damit zog sie Otto mit einem Ruck in die andere Richtung und marschierte dem fremden Mann auf leisen, aber bestimmten Sohlen hinterher.

Elvis folgte ihr lustlos. Er hatte sich die Polizeiarbeit irgendwie anders vorgestellt. Gemütlicher. Und nicht so gruselig.

Ob er allein zurück ins Bushäuschen

gehen und Fingerabdrücke abgleichen sollte?

Dabei konnte er auch gleich Otto mitnehmen. Der wollte sicher nach Hause. Und Annarita sollte machen, was sie wollte.

„Du …“, begann Elvis, doch in diesem Moment blieb Annarita wie angewurzelt stehen.

Der Mann vor ihnen war nämlich ebenfalls stehen geblieben. Und zwar genau vor dem Grundstück mit dem blauen Gartenhaus!

Er kramte in seiner Jackentasche. Dann zog er einen großen Schlüsselbund heraus und schloss das Gartentor auf.

„Was hab ich dir gesagt?“, zischte Annarita. „Das Gartenhaus ist sein Geheimversteck! Jetzt werden wir gleich sehen, was er da drin hat!“

Aber leider sahen sie gar nichts.

Der Mann ging zwar ins Gartenhaus und er nahm auch seinen schwarzen Koffer mit hinein, aber er machte die Tür fein säuberlich hinter sich zu und war damit einfach verschwunden.

„Wir müssen über den Zaun!”, flüsterte Annarita. „Und durch das Fenster schauen!“

Das war nun genau das, was Elvis auf gar keinen Fall wollte. Er hasste es, über fremde Zäune zu steigen. Und er wollte auch nicht durch fremde Fenster schauen. Egal, was dahinter war. Am allerwenigsten aber, wenn da vielleicht eine Leiche dahinter war.

Zum Glück legte Annarita sowieso keinen Wert darauf, dass Elvis mitkam.

„Einer von uns muss bei Otto bleiben“, meinte sie.

„Ja, gut“, sagte Elvis und eine leise Hoffnung stieg in ihm hoch. „Ich könnte mit ihm schon mal zurück zur Polizeistation gehen.“

„Bist du verrückt?“, zischte Annarita. „Du musst Schmiere stehen! Und pfeifen, wenn jemand kommt.“

„Ich kann gar nicht pfeifen“, sagte Elvis, aber er ahnte schon, dass ihm das nicht helfen würde.

„Dann rufst du eben“, sagte Annarita, kletterte über den Zaun und rannte zum Gartenhaus.

Damit war nicht nur der Mann mit dem Koffer verschwunden, sondern auch Annarita mit dem Rucksack.

Elvis sah sich mit einem ziemlich schlechten Gefühl im Bauch um.

Weit und breit war kein Mensch zu sehen. Über ihm zwitscherte ein Vogel im Baum. Irgendwo bellte ein Hund. Und Elvis saß hier fest.

Die Polizeistation war unbesetzt. Niemand konnte eine Diebstahlsmeldung machen, falls ihm zufällig seine braunen Sandalen gestohlen worden waren oder sein Kellerschlüssel ... Was für ein Jammer!

Elvis seufzte. Wo Annarita nur so lang blieb?

Was wollte sie überhaupt mit diesem fremden Mann?

Und musste Elvis wirklich für sie Schmiere stehen, nur weil sie das bestimmt hatte?

Unschlüssig stieg Elvis von einem Fuß auf den anderen.

Da kam ein Auto um die Ecke gerollt.
Ein Polizeiauto.

Langsam und beinahe lautlos rollte es auf Elvis zu, als würde es etwas suchen.

Elvis wurde heiß.

Natürlich war es nicht erlaubt, in fremde Gärten einzusteigen, das war klar.

Wahrscheinlich war es auch verboten, für jemanden, der das tat, Schmiere zu stehen.

Andererseits konnte Elvis doch auch einfach zufällig hier stehen, oder etwa nicht?

Vielleicht war es auch nur der nette Polizist von gestern, der seine Runde drehte und gar nichts suchte …

Da fiel Elvis auf einmal siedend heiß Ottos großer Stinkhaufen ein, den sie einfach so liegen gelassen hatten.

Ob sie jemand beobachtet und gleich die Polizei gerufen hatte?

In diesem Fall wusste die Polizei jetzt natürlich ganz genau, welche Art Hund sie suchte. Und welche Sorte Kinder.

Allerdings – Elvis schöpfte kurz Hoffnung – suchte sie ganz sicher zwei Kinder, einen Jungen und ein Mädchen. Und Elvis war doch nur einer...

Das Polizeiauto blieb stehen. Genau neben Elvis.

Das Fenster wurde heruntergelassen.

Im Auto saß nicht der nette Polizist von gestern, sondern einer mit sehr ernstem Gesicht, der Elvis zu sich winkte.

Mit weichen Knien machte Elvis zwei Schritte auf ihn zu.

„Komm nur her, junger Mann!“, sagte der Polizist streng und hielt Elvis einen Zettel hin.

Zum Glück war es aber kein Haftbefehl, sondern nur ein ausgedrucktes Foto von einem Mann mit Igelfrisur.

„Hast du den hier gesehen?“

Elvis hätte gern gesagt, dass sie den Mann sofort verdächtigt hatten und dass seine Kollegin, ähm, Freundin gerade alles tat, um den Mann nicht aus den Augen zu verlieren, aber vor lauter Aufregung und Erleichterung brachte er kein Wort heraus und zeigte deswegen nur stumm auf das Gartenhaus.

Der Polizist runzelte die Stirn.

Da kam auch schon Annarita um die Ecke geflitzt und hechtete über den Zaun.

„Es ist Geld!“, zischte sie. „Der ganze Koffer ist voller Geld!“

Sie bemerkte das Polizeiauto und klappte überrascht den Mund zu.

„Na wunderbar. Dann haben wir ihn ja.“

Der Polizist und sein Kollege stiegen aus.

„Ihr geht jetzt nach Hause“, sagte der Polizist zu Elvis und Annarita. „Ist das klar?“

Elvis und Annarita nickten brav.

Aber natürlich gingen sie nicht nach Hause, sondern nur ein paar Schritte zurück, damit sie nicht ganz so sichtbar waren.

Dann schauten sie ganz genau zu,

wie die Polizisten zwei wunderschöne Schäferhunde aus dem Kofferraum springen ließen und mit ihnen das Gartenhaus stürmten.

Schnell war der Mann mit der Igelfrisur überwältigt, wurde in Handschellen aus dem Gartenhaus geführt und ins Polizeiauto verfrachtet.

Der große schwarze Koffer kam in den Kofferraum, wo ihn die Schäferhunde bewachen konnten.

„Cool“, sagte Elvis, als sich das Polizeiauto im Rückwärtsgang aus der Straße schob. „Das war ein echter Verbrecher.“

Annarita nickte. „Und echte Schäferhunde.“

„Und echte Polizisten“, ergänzte Elvis. „Gott sei Dank.“

„Wir hätten aber wenigstens eine Belohnung bekommen müssen”, sagte Annarita. „Für sachdienliche Hinweise! Immerhin haben wir die ganze Ermittlungsarbeit gemacht. Und dafür bekommen wir nicht einmal ein DANKE!“

Sie schüttelte empört den Kopf.

„Wir sollten eine Zeitung gründen“, schlug sie vor. „Dann könnten wir als Erste davon berichten!“

Schließlich machten sie sich wieder

auf den Weg zum Bushäuschen.

Als sie an Ottos Stinkhaufen vorbeikamen, war Frau Lieblich gerade damit beschäftigt, die letzten Reste davon zu entfernen.

„Das ist aber nett von euch, dass ihr mit Otto spazieren geht!“, sagte sie, als sie die Kinder sah. „Er braucht wirklich mehr Bewegung!“

Elvis und Annarita nickten ein bisschen beklommen und zogen Otto weiter.

„Die Arme“, sagte Elvis, als sie weit genug weg waren. „Da räumt sie unseren Stinkhaufen weg und dann bekommt sie nicht einmal ein DANKE!“

„Es ist zwar nicht unser Stinkhaufen, sondern der von Otto“, sagte Annarita. „Aber ich finde auch, dass sie ein DANKE verdient hat.“

Damit blieb sie vor einem Mülleimer stehen und zog die Anzeigenzettel aus dem Rucksack.

„Danke, Frau Lieblich“, sagte sie laut und deutlich. „Und weil wir so dankbar sind, ziehen wir die Anzeige wegen Missachtung der roten Ampel zurück!“

Damit zerriss sie gleich alle Anzeigenzettel und ließ die Papierschnipsel in den Mülleimer flattern.

„

Das mit der Zeitung ist übrigens keine schlechte Idee“, sagte Elvis.

„Stimmt“, sagte Annarita. „Wir brauchen nur ein Zeitungsbüro.“

„Und einen Computer.“

„Und einen Fotoapparat.“

„Und einen Drucker.“

„Und einen Kopierer.“

„Und eine Sekretärin.“

„Bei dir piept‘s wohl! Ich bin sicher nicht die Sekretärin!“

„Na gut. Dann eben keine Sekretärin. Ganz vorne berichten wir jedenfalls von dem Mann mit der Igelfrisur.“

„Und weiter hinten geben wir eine Anzeige auf: Braune Sandalen und ein Kellerschlüssel gefunden!“

„Ja, und für Otto suchen wir einen Hundesitter, der mit ihm spazieren geht! Weil wir jetzt natürlich keine Zeit mehr haben!“

Und so machten sie sich noch am gleichen Tag daran, eine Zeitung zu gründen.

Das mit dem Zeitungsbüro war allerdings nicht so einfach, da sowohl der Gartenschuppen als auch das Bushäuschen schon vergeben waren.

Und auch Computer, Drucker und Fotoapparat waren gerade schwer aufzutreiben, weil Elvis' Eltern nämlich immer sofort „Finger weg!" brüllten, wenn er sich irgendwelchen technischen Geräten näherte, und es bei Annarita zu Hause weder Computer noch Drucker gab.

Nur einen kaputten Fotoapparat, mit dem man überhaupt nichts anfangen konnte, hatten sie ergattert.

„Das ist aber echt mühsam", sagte Annarita. „Da können wir ja gleich einen Reitstall aufmachen."

„Einen Reitstall?“, ächzte Elvis. „Aber wir haben doch gar keine Pferde!“

„Eben“, sagte Annarita. „Wir können es uns aussuchen: eine Zeitung ohne Computer oder ein Reitstall ohne Pferde. Und da ist mir der Reitstall ehrlich gesagt lieber, denn ich wollte schon immer mal reiten lernen und außerdem sind Pferde meine Lieblingstiere!“

Elvis nickte schwach. Irgendetwas stimmte nicht ganz an dem, was Annarita da sagte, aber er konnte nicht genau sagen, was.

Er wusste nur, dass er eigentlich keinen Reitstall wollte, und schon gar keinen ohne Pferde.

„Dann könnten wir aber eigentlich auch einen Flughafen ohne Flugzeuge einrichten?“, fragte er vorsichtig. „Oder eine Baustelle ohne Bagger?“

Annarita legte den Kopf schief.

„Eigentlich ja“, sagte sie. „Aber wer will das schon?“

Sie warf ihre Zöpfe mit Schwung hinter sich.

„Überhaupt muss ich jetzt los. Meine Cousine hat Geburtstag. Wir machen dann morgen weiter, ja?“

Und weg war sie.

Elvis sah ihr nachdenklich nach.

Der Flughafen war keine schlechte Idee. Auf jeden Fall besser als der Reitstall.

Vielleicht sollte er schon mal einen Plan zeichnen.

Elvis-Leserätsel

Du hast jetzt das ganze Buch gelesen und kannst sicher diese sieben Fragen beantworten. Setze sie in die richtigen Zeilen des Leserätsels ein.

1. Wofür brauchen die Kinder ein Stempelkissen?
2. Wozu braucht Annarita ein Mikrofon?
3. Wer ist Otto?
4. Wie heißt der Herr, dessen Socken verschwunden sind?
5. Was finden die Kinder unter einem Busch?
6. Welchen Namen gibt Elvis dem Fundbüro?
7. Wohin bringen die Kinder die Geldbörse?

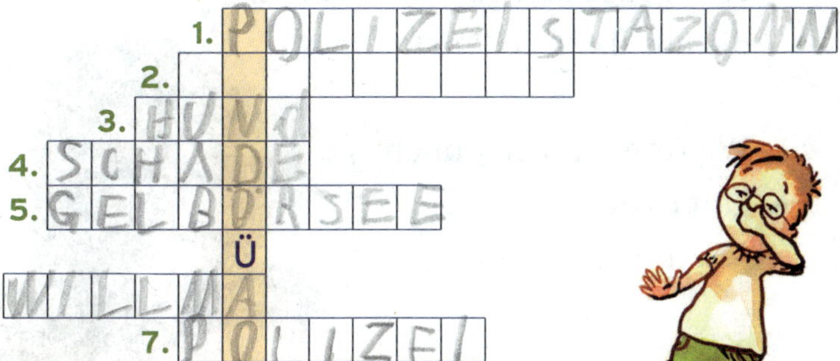

Im senkrechten gelben Balken steht das Lösungswort:
Was Elvis gründet

Lösungswörter: 1. FINGERABDRÜCKE, 2. DURCHSAGE, 3. HUND, 4. SCHADE, 5. GELDBÖRSE, 6. WIMMER, 7. POLIZEI

Die Autorin

Saskia Hula

ist Kinderbuchautorin und Volksschullehrerin. Sie wurde 1966 geboren und lebt in Wien. Mit besonders viel Witz und Einfühlungsvermögen schreibt sie Geschichten zu Themen, die Kinder wirklich berühren. Ihr erstes Buch „Romeo und Juliane“ erschien im Jahr 2003. Inzwischen gibt es schon eine ganze Menge von Büchern, die aus ihrer Feder stammen.

Weitere Informationen gibt es auf www.saskia-hula.at

Die Illustratorin

Eva Muszynski

© Lotte Ostermann

1962 in Berlin geboren, studierte Grafik-Design an der Hochschule der Künste Berlin.

Früher zeichnete sie Comics für Erwachsene, seit 1997 illustriert sie Kinderbücher, zu denen sie auch eigene Geschichten schreibt.

Eva Muszynski lebt mit ihrer Familie in Berlin.